U0023538

這世界無藥可救
但我願意原諒每齣被寫壞了的爛劇本
願意自雙眼重新編織另一個
美好童話的開頭

林佳儀

目錄

【女情人們】 075

【他們這麼不乖所以我決定繼續變壞】 125

【推薦序】

為難與和解

——讀林佳儀詩集《微物論》

◎游書珣

《微物論》給我的第一印象是「媽媽詩集」，細看才發現它不僅於此。詩人在書中不僅擔任「媽媽」的角色，尚有其他的身分與吶喊，她化身各種矛盾綜合體，既是溫柔又剽悍的母親，也是溫馴而叛逆的少女。

我和佳儀在文學獎頒獎典禮上見過彼此幾次，一頭短髮，時尚又充滿個性的她，總是帶著小孩一起參加。那時我也是兩個小孩的媽媽，只不過因為當下太害羞而未曾主動攀談，倒是經過很久以後，我們才在臉書上相認，成為臉友。

現實中的媽媽友，聊天、分享好物、一起遛小孩，寫詩的媽媽友，卻能透過文學，達到另一種交流——這令我困惑，一名詩人，究竟是成為母親之後，才能寫出這麼美的文字，還是原本就寫得很美，只是剛好成為了母親？

看佳儀的詩集時，同為母親的我忍不住頻頻點頭，是啊是啊正是如此，母親面對自己的孩子，在旁人眼中的深情，事實上往往達到一種無可救藥的地步：

「妳太可愛／我真的好想，好想／一口吃掉妳」

有時，最簡單的語言，力量最強。一名深陷育兒天堂（地獄）的母親，面對苦澀又美好的日常，讓人超想把那首「愛是恆久忍耐又有仁慈」改編成「愛在屎溺／愛亦在溢奶拍嗝／愛是恆久在淚水氤氳中／滂沱出一朵花」。而當孩子漸漸長大，有了自己的思想與力量，媽媽開始有了不一樣的想像：

「我們一起手牽手，走出那扇透明的門／去重新教育，這個惡劣

的世界」。

可是，這一切會不會到來，或終究只是詩人母親的自言自語呢？「成為母親」這件事至今仍感到不太真實，和孩子如此親密的關係，最終是否只是一場夢？

「小狗跑過草皮／飛機跑過天空／妳們牽著手跑過我／每一個夢」

讀到這裡，我不禁潸然淚下。身為一名母親，最難承受的是被用「偉大」來形容，其實只不過想要被孩子「記得」，記得這一切，記得媽媽那麼愛你，記得你是那樣被愛著，真真切切，都不是夢。

當媽媽時，有種感覺也異常微妙。有時，孩子像是自己的分身，有時自己是孩子的分身，再往上溯源，想到自己的母親，第三種形象又交疊進來——誰是誰的孩子，誰又照顧著誰？母與子、子與母，成為永無止盡的疊影。

「妳是我年長的嬰兒／藏妳在胸口／把時間哼成歌輕輕／搖晃一整個透明的下午」

除了母親與女兒，詩人的另一個身分是高中老師。在「他們這麼不乖所以我決定繼續變壞」一輯中，佳儀寫的雖然是教學現場裡的學生，我卻彷彿看見她書寫的對象，也像是過去學生時代的自己。

從大學時代加入詩社，佳儀一頭栽入詩的世界，一路書寫至今，她寫自己各種身分的轉換，透過詩，扎實地反映出詩人的生命史，而隨著時間過去，書寫的題材從自身散射出去，轉而書寫他者，以詩傳達女性議題的關懷：性別認同、移工、失婚女子，其中一首書寫女孩身體焦慮的詩，最令我印象深刻：

「黏膩汗水過度分泌／妳不是詩人，炎夏裡／臃腫的肉卻持續融化／成一根濕身的龐巨冰棒／旁人慣性以目光舔舐／可惜不甜」

有時，我們不是那個身處地獄的人，僅能透過詩，讓事件被看見——但真的有被看見嗎？站在頒獎典禮的台上，端著獎座接受掌聲，我們仍對自己的無能為力深深自責，背負著惡意消費他者的嫌疑，卻還是帶著卑微的盼望，繼續低頭寫詩。

「這世界無藥可救／但我願意原諒每齣被寫壞了的爛劇本／願意自雙眼重新編織另一個／美好童話的開頭」

身為女性（又或者是任何一種性別），種種的為難迫使我們剖開自己，明白自己的極限，或者還能朝向何處，再次推進自己的極限。透過層層困頓，我們更加認識自己；透過詩，終生探索著自我，一次又一次，與世界和解。

【自序】

那些重要的小事

是何時開始喜歡上新詩的呢？

回顧記憶，應該是在高一時，放學後百無聊賴徘徊圖書館，在五點放學到六點閉館這中間的一個小時，我往往流連文學類書架，看到有趣書名便將書抽出翻看，喜歡就借出，無感者便將書塞回原處。偶然在架上瞥見《不盡長江滾滾來》這本新詩賞析集，以年代為經，作者為緯，最重要的是附有賞析，深入淺出地引領我一窺新詩奧妙殿堂。

喜歡讀，偶爾也寫。從不覺得自己的新詩寫得好，畢竟所謂的好，標準何在，終究是人心在作祟，我純然誠實地寫下自己的感受，以詩句以韻律留下紀錄。那些消失在時間隙縫裡的吉光片羽，恍如燦金流沙，任誰也無法將之留存，我以文字拼組，將之重新嵌合成我印象中的模樣。

往昔已逝，重要之人事物從不可能永恆，但在詩裡，我將其凝凍，讓時間暫時為我停留。我知道它最終仍會往前滾動奔流，但無所謂，在時光之前，我們都是徒勞的薛西佛斯。

從單身到婚姻，自兩人至四人，生活無限增生，日子排列成各式可能，在詩中我切片保存了日常片段。身為女兒、妻子、母親，同時也是教師的我，時常覺得時間實在太不夠用，日子一天一天滾動向前，靈感以及餘裕啊，這些需要慢燉細熬的事物逐漸如同細沙一樣自我身上抽剝脫離。年紀越長，作品是越發地少了。時至今日才推出我的第一本詩集，時間跨度是如此之大，一回首彷彿人生跑馬燈，每一首作品都是一個當下，一個念想一個凝聚，如蜜流淌，每一滴都是時光的累積。

最喜歡將兩個女兒抱在懷中，臉面緊緊密貼彼此，多希望那小小的溫暖的肉，永遠都在我的懷抱，熨貼著心，不會長大不會遠離。知道這是不可能實現的奢求，因此每一秒都要仔細感受。我審視她們童稚面容，如同審視自己的作品。它們不是最美，但它們卻又是最美的。

詩藝可以鍛鍊，但最重要的本質永遠是心。

詩心永存，便可以繼續創作，繼續生活。可生活不只有花朵與亮粉，亦有膿血與汙穢，抬眼，視線來回掃描，攝入眼底的不只自己，還有他人以及社會，凝視他人的眼光往往折射出自身的模樣，觀看，本就無關臉面上的雙眼，關鍵在心眼。長在心靈上的眼睛閱讀自己與他人，綜合整理成專屬於自己的心得與感想。

文學有用嗎？在會用的人身上文字自然是有用的。手術刀銳利切開病灶，打開表象，現出內隱的本質。手術刀無法拯救所有的病症及病人，做為一工具，它已稱職完成療救之可能。奢求速成速效，這是人類之虛妄我執。

創作永遠從自己的視角出發，可以寫自己，但又不是只寫自己。我願做一個生活的紀錄者，也希望我的感受能將此震動傳達予你。

雖然，這世界時常令我分心。

#【早安，世界】

碧砂印象

抹晨曦在培果上輕輕
連同爭執與愛
所有事物尚未命名
這是十月的早晨
陽光便於隨身攜帶
折一方在胸口，起風時
用來暖心

港口線條生猛
海鮮活蹦出
新刷油漆的氣味

岸上人群推擠海岸
龐巨軍艦失足落海
有人趁機揮刀割斷
海的靜脈

藍色意象汩汩
流進我們疲憊的身體
眼裡小小的漁火還點著
倒影彼此
斜斜的身影與旅程

早安，世界

早安，早安
當妳們睜開雙眼
如同開啟一整個全新的世界
我允許妳們住進我的身體，我的生活
縱使我擁有的自由如此稀薄

陽光如糖粉晶瑩灑落
點亮了我們的每一個早晨
窗外的世界依然寒冷
悲傷的事隨時可能在街頭發生
不必彈指，生命

轉眼之間就會消失
如同太陽每日昇起，但又沉落

幸福在平底鍋上滋滋作響
麵糊如旅途隨意攤開
彷彿我們真的可以隨時離開
不必經過那些監視的門
和門後擅長編織故事的唇舌

早安，早安，我所親愛
我要專心凝視妳們澄淨的雙眼
好忘記，世界其實是一巨大的房間
惡徒被縱容在任何誰身上塗鴉，破壞
恣意揉戳，尤其女人。

馬克杯盛滿勇氣，大口
咬下剛出爐的柔韌意志
早餐過後的學習時間
我們一起手牽手，走出那扇透明的門
去重新教育，這個惡劣的世界

長大

小男孩伸出手指點閱世界
反覆抄寫每一個錯誤的上學日
黝黑鉛字搖尾跑入他的習字本
留下一行行歡快的歪斜涎跡
日子不斷被擦掉重寫，時間
逐漸變得灰暗破敗
他用完整的一天期待和夕陽手牽手散步回家
輕快腳步哼唱天空，平凡歸途延展成星光大道
歌聲點亮黯淡雙眼裡的星星與月亮

但明天醒來他還是願意去上學

願意為了嵌入好孩子的形狀刨除頑固枝枒
慎重削磨靈魂以便熨貼微笑面具
好孩子必須完美，於現實演練
他人擅自移植的想像

老師在他身上劃記血紅大叉
小男孩舉手發問，四周回以沉默恐嚇
他收斂手腳身軀，把自己寫進方正格子
好好安靜、乖乖長大

多年後，他趴臥在自己購置的
鋼筋水泥的狹窄牢籠，馴養地
感覺安全
彷彿童年執拗的追求終於有了正確解答

人生是巨大的疑問
即使他已遺忘故事的開頭

安靜

妳反覆抄寫劇本
練習每一個無聲角色
嫻熟於躲進裙襬豐盈縐褶
扮演美麗無害的靜物

他們說：女生要有女生的樣子。
於是妳修剪銳利邊緣，然後
溫馴走入白色洋裝
雙眼縫綴蕾絲與緞帶
成為一粒純潔的柔軟抱枕
對著良善的觀眾微笑
不露齒的悲傷

鍛鍊

你反覆鍛鍊自己
以強健肉體抵抗軟弱心靈
汗水取代淚水宣洩
始終分泌過多的情感
你穿上強壯肉身
保護心裡那個拒絕長大的小孩
你知道，他善良且愛哭
流淚時你雙眼有霧瀰漫
偶爾滂沱
你是唯一願意在雨中
為他撐傘的人

眾人竊竊私語：他怎麼哭得像個女孩。
你發現他們根本不懂
眼淚是失敗而勇敢不是
怕痛令人羞愧但剽悍不會

為了對抗錯誤
每天都是全新的戰鬥
生活考驗意志
戰場就在呼吸之中
你擊退害怕
練習不向恐懼妥協

現在，全世界都是你的道場了
在溫柔的雨裡褪去筋肉
你終於可以露齒微笑
就像個，真正的小孩

2020

遮住謊言的洞口
雙眼顯露真相
秘密無聲
任眾人點閱
心是巨大博物館
展示許多無疾而終的故事
寂寞群聚
風聲私語耳畔
捎來空氣中飄浮的疑慮
我有病，你是毒

交換空虛唾沫之後
仍舊無法成為彼此的解藥

這世界無藥可救
但我願意原諒每齣
被寫壞了的爛劇本
願意自雙眼重新編織
另一個美好童話的開頭

這是一首寂寞的鳥詩

寂寞時
想像一隻傷心與破碎的鳥
從遠方飛來
只為我唱歌

卻不明白該如何為牠療傷
我小心翼翼窺探
牠偶爾願意
與我一同泡澡沐浴
戀人般啄吻親密
我流滿一整缸溫熱的淚水

躺進深深黑暗裡
讓飽漲的悲哀
注滿身體每一處毛孔

只是想要一隻鳥
只是想要
為牠完美的溺斃在
自己的夢裡

原諒

靈魂歪斜，長出眼睛看著
自己的身體，身體
就坐在這裡
端坐在這裡聽她們說話
她們掀動雙唇
氣泡不斷自細長罅縫浮湧
洞口黑暗
言語企圖兌現背叛

意識冉冉飛升
隔著一條街的時間

在對窗看我

透明水族箱裡，花園鰻
倒懸花串如乾燥的心
不能原諒我的不能原諒

十萬元的右手

再也沒有什麼可以失去了
身體，生命，妳所擁有的一切
妳願意以剩餘的全部
換取一雙翅膀
讓它帶妳飛上雲層
前往充滿陽光的所在，讓妳可以
在最接近神的處所想望
遠方的孩子與親人

再也沒有什麼可以交換了
是誰讓妳站進機器，按下按鈕

鋼板輾壓，擠落
肉體破碎成另一個陌生模樣
妳只能慶幸靈魂還在
還沒有被誰出賣

再也沒有什麼可以擁有了
妳看見，生命列隊前進
一個又一個膚色黝黑的自己
走入龐巨機器

島嶼從來沒有綠意
它嘴裡冒出白色蒸汽，死亡熱燙
生命腐爛的臭味自鋼鐵齒縫湧現
它張開大口吞沒
經過的，每一個人

【套圈圈遊戲】

套圈圈遊戲
——致母親

拋物線切割天空
妳是完美的圓
以降落的姿態朝我瑣碎飛行

踩在妳的鞋裡
潛行妳夢的軌道
跟蹤妳青春腳步
妳細瘦的背影比吻輕
卻跟愛一樣沉重
尋人啟事失蹤街頭
被張貼的眉眼是

妳給我最後的線索

生活比夕陽歪斜
夢常常跌倒
碰撞狡猾世界
妳送我的水壺受了傷
流出堅硬的淚水
那些黑暗幽微
一點一滴又流回我的心
藏在身體內部
不讓妳知道

妳是我年長的嬰兒
藏妳在胸口
把時間哼成歌輕輕

搖晃一整個透明的下午
窗外車聲震盪
緊緊套住妳無聲眠夢

我的旋律
很快就要老了

身體裡的果實

——致母親

我們不再擁抱了，身體卻
眷戀著。溫和切開自己埋進果實
耐心等候四十週，撥慢時間
讓日子安靜發酵
醞釀最好也最壞的結果

或許我們還愛著，碩大肚腹
糾結成躁動線球，腳一踢
自我便潮浪般遠退
墜入生活與現實的碰撞掏揉間
逐漸柔軟陷落，嬰兒初聲啼哭打破

固執的形狀，那些彆扭倔強
輕輕一搓就消融出美好泡沫
為妳我溫柔洗滌過往堅硬

胸前雙乳小動物般探出洞口
緩慢嗅聞熟悉氣味，遲疑地
解開心底親手打上的死結

我萌孽而生的稚嫩果實
安放妳雙臂綿密織就的世界中
她清澈笑聲是純金鈴鐺
響亮了一整個澄淨的下午
我雙眼的燭火還點著，映照彼此
身體裡小小的溫暖

在最初與最終的宮殿
原來妳就是我敬畏且
親密的神，永遠。

容器

母者之命運：
安放、盛裝、接受
包容她一切種種
細碎咬嚙

白髮增生煩惱，喜悅
佈懼皆是日常

妥善收藏今生
記憶輾轉
時光漸次灰暗

捉迷藏
——給女兒

生活日益腫脹
夢逐漸老去扭曲變形
在肚腹上狠狠爆裂
成一座龐巨迷宮
困在自己的身體裡
肚臍高高凸起門鈴
向虛空招喚遙遠迷幻的青春
妳循著隱密路徑
找到了藏在迷宮裡的我
闖入我黑暗的心

痛一陣又一陣輾壓脆弱的夢
刺傷我敏銳的肉
讓痛經過讓自己
隨哭聲漂遠最後終於不見
讓妳發現我就是妳

為妳死過一次
重新長成另一個自己
強悍、美麗
並且沒有翅膀
燒毀天空
讓我親手構築的城邦
墜落在妳雙眼溫柔的海裡

嬰兒炸彈

溫柔的恐怖分子
徹夜轟炸
睡眠體無完膚

偶爾也笑
狡詐，且帶點邪惡
無政府主義

午睡

連時間都累了
暴躁的風慢了下來
整座島嶼夢一般安靜
抱著妳沉入幽深海底

黑暗多麼善良溫馴
妳小小的鼻孔噴著氣息
浪潮起伏
拍打著海以及
綿長的夢境
夢裡我是妳的小孩

跟著妳一起長大

我不想浮起
不想回到水面之上
再之上
海是一塊憂鬱的玻璃
玻璃是一塊憂鬱的海

小孩 I

牛奶糖融化胸口
柔柔甜甜香香嫩嫩
我幾乎懷疑她會消失
青春晃蕩濛霧來去
接近某種神秘主義

我是唯一的信徒
並且為了唯一這個字眼
甜蜜地心碎

小孩II

始終是一種神祕存在
稚嫩、脆弱
似乎不當碰觸
就會死去

始終喧鬧
發出清脆聲響
響亮如一串透明的鈴
輕輕敲打我的人生
將我喚醒
並且讓我再死一次

僅僅只是在額上印下一吻
便有花之唇印
在心底萌萌盛開

洗澡

嬰兒漂浮澡盆
純白瓷盤裡，一顆
柔軟的水波蛋

左手托住頸後
另一手往妳身體潑水
輕輕，胸口略微
大腿少許
擦澡巾來回穿梭頸項
搓洗出咯吱笑聲

潔白泡沫點綴盤沿
我手勢輕柔，為妳
慎重擠上美味番茄醬

洗好後要趕快抱起，緊緊
包進浴巾吐司

會動、會笑、會哭鬧的
嬰兒三明治
妳太可愛
我真的好想，好想
一口吃掉妳

讓妳漂浮我體內
世界宇宙無敵珍貴的
寶貝水波蛋

學語

我的嬰兒充滿秘密
她喜歡沿著時間的縫隙行走
掌心裡握著微弱的光
經過的地方總是晴朗溫暖
我撿拾她口中掉落的碎片
一一打磨拭亮

阿布布達比拉帕
我懷疑她來自西藏
姆瑪蓬蓬
我給她我的舌頭

交換親吻與擁抱
噗霸哥達西西
我潛入她的睡眠
守護她的夢境

她無法被解釋達達
關於那些秘密的語言
通往哪裡開啟誰的門
誰是誰的狂熱份子
誰又不是夏日午後那
一陣甜蜜纏綿的雨

散步

星期日午後
跟妳們一起放生煩惱
沿公園綠地散
長長的步
清脆的笑聲集體聚會
天空晴朗得言不及義
整個世界瞬間
年輕到只有五歲

小狗跑過草皮
飛機跑過天空

妳們牽著手跑過我
每一個夢

小獸

我豢養了兩隻美麗的小獸
她們有粉嫩臉頰與嘴唇
喜歡唱歌
糖果般細緻舌頭
推移夜晚
睡眠載浮載沉
隨著小獸柔軟嗓音
夢境放逐
我漂流過的每扇窗
都藏著另一種
生活的可能

直至陽光掀開清晨
呼喚如耳光
清脆熟悉
叫醒我體內那個
陌生的女人

媽媽媽媽……

我和小獸們擁有
同一雙眼睛

子

——詩紀女兒周歲

女人吞下種子
時間熟成
果實如水銀落地
彷彿是一場陰謀或者
無人嬉笑的鬧劇
但嘴唇落在果實滑膩的皮上
是那麼適合
吻嘖嘖
吻她嘖嘖
用牙齒頂住
舌尖輕輕碰觸

跳躍翻滾嘖
拉開身體背後的拉鍊
脫下自己
為她撫平每絲乖張與不平
再穿上
從此一身柔順的皮肉
並且再也無法遠行
無法將名字投遞到
地圖任一個角落
索性躺成一床冬被
熨貼嫩臉彤彤

吻嘖嘖
吻她嘖嘖嘖
種子在身體紮根
唯女人心底開出花來

小女兒

她趴睡我胸口
小小身體是隻白胖熨斗
溫熱地燙平了我所有
急躁、憤怒與不安
那些日常的繁瑣
伏流在她睡眠底層
浪痕安穩，平順
海象規律一如她均勻鼻息
藍色憂鬱汩汩
在意識之外起伏

柔細髮底的汗猶濕
流淌奶與蜜的應許之地
胸口棲息著一隻小鳥
每晚我仔細聆聽那隻鳥
伸長雙翅，拍打她
小小心室的噗通噗通聲

她恆常飛進我的夢裡噗通
在我的天空自在翱翔

終有一日是會飛得更遠的吧
夢裡我是等候的港灣
擁抱讓我感覺安全
彷彿成為她的嬰兒

【女情人們】

女情人們

——讀艾芙烈・葉利尼克

當我愛你是布莉姬
流動的麵糊如旅途攤開
在煎鍋上你不能選擇但
可以決定滋滋
關於彼此明天要去哪裡
翻轉地圖隨意指涉
身體背後裝有拉鍊
一拉開全是事物的反面
小孩的性別鐫刻在硬幣的背面
蕾絲抱枕的縫線以及雕花
瓷盤的銘印裡

如果你決定是寶拉
就留下我成為復活節裡
唯一失蹤的
那顆無可救藥的笨蛋

暗戀

潛入最深之海
無法帶走的浪花
不斷泅泳
卻仍到達不了的
彼岸

雨季裡的旅行

——寫給婚姻中所有不被愛的

月光外遇窗櫺，迂迴地
在你背上縫了條狹長拉鍊
白日那半屬於她，剩餘的是
躺下成為黑夜的我，以指尖
扯開你身體後的曲折拉鍊
旅行內裡收藏的每座城市

我心底住了一頭飢餓野獸
你的頭顱落下滾成蓊鬱叢林
林中結實纍纍纍，披垂滿樹
一顆顆鮮紅欲滴的熟透嬰兒

卻無人摘取任它們墜落地面
腐爛出你，茂密五官與毛髮

漫遊你荒漠頸項，我喜歡
聽你吞吐喉間乾燥緊澀的謊
那謊拿善意肋骨來回穿梭編織
輕薄美麗的生活。在霜雪飄落髮際前
燃燒誓約，躲進彼此空洞穿戴
幸福佯裝，藉想像取暖

獸吃掉全部嬰兒還止不住
生猛的餓。絕望打開拉鍊
將自己和獸關進你身體最深處
冬眠過無數疲憊冗長的寂寞雨季
嫻熟於矇蔽雙眼，複習旅程

所有細節，隨時可以背過身去繼續
繼續潮濕，被愛且原諒著

餐桌禮儀

女孩們形狀迥異
煩惱也是
櫥窗裡琳瑯滿目的美麗人生，每一件
都不是妳的尺寸
纖細潔白的四肢
全長在別人好看的身體
每一樣，妳都套不進

一百公斤的女孩
煩惱恆超越一百公斤
日子恆常沉沉下墜

懸自己成耐心的餌
等待某人洄游，而過
期待被誰渴望
甚至吞食

一百公斤的女孩
食慾恆常跨越一百公斤
舉筷進攻，美味
餐食紛紛無條件投降
虛胖的紅氣球捏在掌心
放手讓它飛走
時間咻咻鬆垮
讓一切有了放棄的理由
夢想超載青春

黏膩汗水過度分泌
妳不是詩人，炎夏裡
臃腫的肉卻持續融化
成一根濕身的龐巨冰棒
旁人慣性以目光舔舐
可惜不甜
甚至帶點卑微廉價的
淚水鹹味

細碎揶揄叮咬，嘲諷
在地表壓出厚重人形傷痕
惡意來得迅猛
瞬間便撲倒擊殺妳
割喉，放血，細心烹調
端上世界虛偽的餐桌

披著人皮的獸皺眉鄙夷：
過度油膩。那抹血紅唇印
始終無人擦拭瓷杯

世界隨時進貢鮮活
女體，以肉、以色
以最莊嚴的撩人姿態

詩人節

詩人節，我不寫詩
不寫煙硝密布的文字
不寫譏笑與嘲諷
意象冷酷轟炸異境
假想敵未知

睡前總要晚安詩
雨夜裡我只愛夏宇
雨聲為我徹夜唱歌
寂寞地清醒
狂熱的信徒

撕裂背脊膠裝的封口
刷地一聲揪出
體內死去的慾望與
哀愁

色戒

——讀張愛玲

她的唇騷動你心
吻是逗號
乳房問號

肥碩月亮以身體勾引
你閱讀，瀏覽眾多
女體是道場
任你修練

你不是笨蛋
甚至根本沒有卵蛋

樂園

世界是男人的濱海樂園
粉紅蝴蝶結繫上盒裝女體
青春商品限時販售中
經過的男子壓低帽沿
無人知曉他大衣內欲望全裸
眼神彷若延伸而出的幻肢，來回貪婪愛撫
行走過他身旁的處女地

購物車內不再放置生活，金錢驅使滾輪
推擠人潮結帳各自濕密的想像
在小女孩流出第一滴血後

摘取她們身體裡的新鮮玫瑰
讓午夜鐘聲不再空響
長髮編成繩索，捆綁四肢
玻璃鞋塞進下體
像倒置的透明沙漏
拒絕為時間倒數，成為
樂園裡永遠的公主

倖存的女孩爬進下水道
扯動身體背後的拉鍊，穿上臃腫偽裝
明亮雙眼縫入內裡，不讓誰看見
胸前那對柔軟的小動物

雙腿間的疼痛時常讓她想起海洋
想念海上女妖遙遠的吟唱

想念自己的歌聲
想念不必被誰任意打開的魚尾
現實是無法逃脫的恐怖屋
現在她討厭照鏡，害怕溺斃在
雙眼憂鬱的海裡

有人站在出口處喚她的名字
像蚌殼緊緊抱住它唯一的砂礫
穿戴整齊佯裝背著海微笑
來到樂園後，她唯一學會的隱身術

童話新編

女巫不獵捕小孩，改收集俊美王子
用魔法將他們通通變成點數貼紙
每集滿五點兌換嫉妒眼神一枚

白雪公主喜歡蘋果，但厭惡身體裡的成熟果實
每個月淌出的新鮮汁液總是招惹無數討厭蒼蠅
她羨慕扁平魔鏡，永遠不必擔心誰闖進它濕密深處

灰姑娘不愛打掃只愛逛街，百貨公司什麼都有
包括各式各樣的玻璃鞋。噓～別告訴玻璃心王子這個秘密
善良女孩會戴上微笑面具試穿，他那不合腳的愛情

美人魚和鄰國公主墜入愛河，她們一起拋棄
認錯救命恩人的白目王子。天天跑步、健身
計劃月底公證結婚，明年生一個可愛的混血寶寶

高塔陽具般聳立，來回戳刺天空
穿著紅鞋的女孩跳脫虛構界線，在真實世界
專心扮演熱愛跳舞的購物狂

其他剩餘王子都是長不大的小孩
迷路糖果屋，母親隨時準備乾淨手帕
為他們，拭去多髭唇畔的黏膩

白雪公主的妹妹

蘋果無罪
錯的是誘惑

你愛的那人不是我
她只是有著和我
相同的身體

銳利切開蘋果
成兩半再兩半狠狠
又兩半
她們甜美動人

擁有同一個核
卻不能佔有
同一個你

窮極無聊不如來玩個遊戲：
讓我們一起切開
你，成兩半再兩半狠狠
又兩半

想念的時候
也許譬如下午三點
起司蛋糕加拿鐵再佐一份
春陽睽違暖暖
我多麼多麼想念
只屬於姊妹的甜蜜時光

我一半
她一半
再一次拼湊出完整的你
如此才有勇氣說
我不愛你了其實

魔女

她有許多秘密小孩
那些嬰兒沒有性別
永不長大，只
活在她的心裡

她擅長以言語編織
溫柔又美麗的網
月光下閃爍銀白假象
捕獲一個又一個
為她癡狂的愚昧獵物

他們沒有雙眼
耳朵從缺
自願獻上生命任她取用作樂
她吞咬真相
一口一口吃盡他們的心

她眼裡藏著一座海
海裡填滿無盡屍骸

春日

回憶裡美好的午後
公園裡夕陽緩慢傾斜
淺淺映照霧一般
瀰漫的寒意
整個冬季的陰霾
都已被惡意遺棄在
冷漠的街角以及
等待的路口

瀏覽路過的行人與樹
我們一起用眼睛哼唱

那些從天空經過的
雲與憂傷
音符從你瞳裡流洩
愉悅，我明白
這是個適合低吟的午後

公園的灑水器緩緩舉起一整個
輕盈的下午
你可以為我走進
不斷噴洩的水珠裡嗎？可以
再為我說一段
春天的寓言嗎也許

迷鹿沙連

綠繡眼指引路途
清晨第一顆露珠掉落
墜成沿途風景
路，便延伸到這裡

夕陽落下的每一處
都有山的波浪、海的稜線
新的一日自太陽昇起開始計算
呼吸與勞動同時進行
將力氣種進土裡
用汗水灌溉土地

山林是勇士們的廣大獵場
尖牙項圈緊貼肌膚
生命與死亡同存

身體隨太陽落下，並且冷去
你為我流出的淚將化作漫天星辰
為我指引歸往祖靈的方向
這裡，終於成為我們族人的故鄉

公路如腰帶，用力一圈
便束起湖面豐饒腰身
漢人從天空如水珠墜落
溢滿湖旁每一個角落
白浪舌頭有鳥族的靈巧繁複
舌尖美麗迷人的花朵隨時吐出妖豔蛇信

我們的族人反而變成 lalu
被包圍淹沒
白皙鮮明的輪廓
人群中的孤島

一輛輛遊覽車吞吐大批觀光客
人聲沸騰夜晚
鮮豔招牌染紅湖面
空氣裡浮動著的食物氣味
沒有土地的味道
只有食品加工廠的機器味
檳榔芋頭山豬肉哪裡去了？
舞台上穿著族服的女子五官深邃
不再赤足的腳上套著最新款式愛抵達

唯有熟悉水面搖晃如搖籃
孩子，請抱我在懷中
為我吟唱最後一首安眠曲
當祖靈離開
生活就變成了工廠大量製造的贗品，並且
來自中國

記憶此身

——遊逛廣與紙寮有感

你其實還記得
某些生命中的美好片段：
微風輕拂髮絲
趾隙裡陽光騷動
時間如露水漸次滴落
潤濕唇縫
晨曦煥發眩目金光
鳥鳴清脆落地
撒下滿林細碎耳語
沿著記憶的邊緣前行
過往喚醒此身

你伸展枝枒
斑斕青春安歇你虬曲臂膀
振翅飛起
抖落森冷意象
雪白信息漫天飛舞
每片鱗粉背面都密藏
一整座蓊鬱樹海

你其實也記得
自己曾是跌落枝頭的那葉
乘著風，飛遠
在眾人不斷翻掀的
波動裡，逐頁
複習彼此
於遙遠異地

反覆謄寫記憶
卻始終記不起自己
最初始的模樣

搖籃曲

候鳥漂浪島嶼
偷渡天空
海風翻山越嶺追擊
睡意匿名潛逃
床單般攤開它遼闊的藍
包裹眾人殘破身軀
連同純白睡眠
一起沉入深邃海底

洋流飄盪搖籃曲
濃霧略帶鹹味

兜售故鄉酸甘甜
板塊卻惡意推擠
踐踏眾人深沉睡眠
屋頂告別窗戶
糾纏多年的各式管路
與血管同時爆裂
哭喊刺傷耳膜
在瓦礫碎石織就的枕被中
妻子緊緊擁抱丈夫
唇邊噙著未及說完的
他的姓名
遠方有人失足跌落夢境
遺失的那一隻鞋
再也找不回自己的主人

闔上雙眼像關閉一整個世界
夢中有神推動搖籃
像海洋溫柔擺盪我們
永恆睡眠

黑夜更曲折難解了
海潮拍打意識
海岸線漸次破碎
誠心獻祭
一朵朵潔白浪花

女書

——平原變遷考

我是蛇，蜷曲書頁邊緣的女蛇
爬行過平原每個艱難段落：
農田瘋狂抽長飽滿豪宅
黧黑天空營養不良，貧瘠稻穗
跪倒親吻金錢市儈的腳趾
尖銳高樓狠狠刺穿單薄眼膜
瀕死夕陽比鮮血滾燙，染紅
神話裡每朵純樸雲翳。

女媧亦是我，背著世界秘密修煉巫術
哺乳懷中稚嫩文字，親吻她

在文字的無盡催眠裡
捏造難得人身，以淚註解
我們曾經的愛情與歷史

【他們這麼不乖所以我決定繼續變壞】

在最快樂最沮喪的癲峰上
擦去他們的輪廓狠狠完全沒有畫面
剩餘的布至少還夠再做一件裙子
再愛下一個人

午後

天空黯淡歪斜
雲層持續滲漏
灰色淚水
淋濕城市裡每一片
傷心的屋頂

是誰
是誰在唱歌
是誰在我心底唱歌
是誰在我心底唱著
你為我寫就的歌

心事伸展成兩條筆直的路
沿著眼中的雨水
落下落下
等我落成一道彩虹
等雨落下你的降臨

放學後

無人的教室裡安靜極了
粉筆、黑板、課桌椅
還靜靜躺在他們的夢裡
在小小的牢籠
考卷上密密麻麻羅列的文字
不斷重複書寫一樣的咒語

青春的心已成灰
在黑暗中漸次沉默，飄散……
無聲地把死亡重演一次
再一次

冷眼凍傷生活
她在身體裡為自己
點火，篝火放縱跳動
目光野性
時間枯黃黯淡
梳理毛躁微笑
修剪寂寞
刮除心底最後
那一點餘熱

作文課

啃食過字的荒野
滿山遍佈
無知喜洋羊
在進擊得永生的俗世裡
我只想當一隻
迷途灰太狼

考場

意念灌注髮梢
直達
靈魂之瀏海
意識分岔在所難免
歧路亡羊
我從不補牢

老師

是這樣一位男子：
髮際線浪潮遠遁
他試圖以一頂帽子
隱藏一整座海洋
卻藏不住底下
春光蕩漾
他裸身在月光下泅泳
來回劃著鬆弛雙臂
把夢切割成碎片
把浪推得更遠

他不知道
這是一趟孤獨的航行
沒有島嶼
船員從缺
他不知道自己並不知道
沒有敵人其實

寂寞是他唯一的水手
他顳頏地舉起紅筆
圈點自己斑駁的人生

眼淚

她流著淚默默
把心事淌成綿長悠久的河
河水是那麼清澈透明
打開自己她可以
任人翻閱瀏覽隨時
杯底一圈圈淺褐污漬
咖啡在她的心
奶茶在
她的柳丁汁
不容許任何垃圾漂浮
骯髒退散

她的眼淚乾淨誠實
賤人，在狡猾清晨
她完全是一個詩人

青春祭

青春爆裂
匯集成記憶之流
在身體內部洶湧澎湃
銜一朵熾紅浪花
旋轉眾人
眼球小宇宙

國家圖書館出版品預行編目（CIP）資料

微物論 / 林佳儀著 . -- 初版 . -- 新北市 : 斑馬線出版社 , 2023.09
面； 公分

ISBN 978-626-96854-9-3（平裝）

863.51　　112013543

微物論

作　　者：林佳儀
總 編 輯：施榮華
封面設計：余佩蓁

發 行 人：張仰賢
社　　長：許　赫
副 社 長：龍　青
出 版 者：斑馬線文庫有限公司
法律顧問：林仟雯律師

斑馬線文庫
通訊地址：234 新北市永和區民光街 20 巷 7 號 1 樓
連絡電話：0922542983

製版印刷：龍虎電腦排版股份有限公司
出版日期：2023 年 9 月
ISBN：978-626-96854-9-3
定　　價：300 元